Wilmar Eppinger

Soltos Versos

Editora InVerso

© 2024. Editora InVerso

R. Doutor Goulin, 1523 Alto da Glória
CEP 80040-280 Curitiba-PR
(41) 3254-1616 e (41) 3558-8001
editorainverso@editorainverso.com.br
www.editorainverso.com.br
Facebook.com/editorainverso
Instagram @editorainverso

COORDENAÇÃO EDITORIAL / EDITORA
Cristina Jones

REVISÃO
Camila Dias Manoel

CAPA, PROJETO GRÁFICO E DIREÇÃO DE ARTE
Adriane Baldini

FOTOGRAFIAS
Freepik/Wikipedia

DADOS INTERNACIONAIS DE CATALOGAÇÃO NA PUBLICAÇÃO (CIP)
MONA YOUSSEF HAMMOUD – CRB/9ª.1393

E64s

EPPINGER, Wilmar. **Soltos versos.**
Curitiba: Editora InVerso, 2024
98 p. 15 x 21 cm PTBR
ISBN: 978-85-5540-372-9

1. Poesia. 2. Natureza. 3. Cotidiano. 4. Inspiração. 5. Epifanias.
6. Tempo I. Título

CDD: 869.3

POESIA: 869.3
NATUREZA 372.5

Dedico a minha esposa, filhos, noras e
netos o presente exercício de palavras,
que visam experimentar algo além da
rudeza da vida e da mentira que ronda os
relacionamentos pessoais no cotidiano.

A emoção, e não a razão, dá o colorido
necessário à causa de nossa existência,
vencendo a competição egoísta, que reduz
o encanto da vida, tão indispensável à
coexistência pacífica da humanidade.

Pequena gota d'água num oceano de
contradições e falsidades, o presente e
minúsculo trabalho espera contribuir para
suavizá-las um pouco.

Eis a intenção do autor.

Apresentação

A alvorada da vida é plena de promessas e sonhos a realizar, mas o ciclo vital é imutável e levará, um dia, ao ocaso. Enquanto houver ascensão, a luz do porvir clareará a vereda para o caminhante que pensa serem seus sonhos possíveis de realizar. Isso faz parte da vida, porquanto, se assim não fosse, os sonhos seriam mitos inalcançáveis.

A curva ascendente da vida é desafio de chegar ao topo em troca de gratificações de todo tipo, além de estímulo para seguir. A vontade e a competição naturais cobrarão esforço cada vez maior, nem sempre possível de atender de acordo com as circunstâncias. Mesmo assim, o preço será cobrado, exigindo de cada indivíduo firmeza no leme para que a nau simbólica assim navegada não soçobre.

O tempo, porém, fará o ciclo da vida descender, e o que era luz brilhante iluminando o caminho para cima tenderá, lentamente, para o declínio.

A vida passará à introspecção, e a calma resultante mover-se-á para a sintonia com a natureza, donde poderá ser obtido o gosto pelo ritmo, pela rima e pela melodia das palavras que, mesmo em versos livres, podem apontar para uma dança imaginária daí possível.
Fase essa em que se encontra o autor, que não pretende assumir a poesia como profissão nem brilhar com rimas imperfeitas. Deseja, apenas, imprimir, em palavras soltas, sensações que a proximidade do ocaso oferece, aceitando-as como naturais, grato pela oportunidade de tê-las vivenciado.

O autor.

Curitiba, fevereiro de 2024

Sumário

PARTE I

Natureza

PARTE II

Versos Livres

Na primeira parte, versos livres destinam-se a buscar a rima possível no trato das cenas da natureza com as quais convivemos diuturnamente. Promover a admiração pelos vários aspectos dos quais as cenas são formadas poderá levar a encontrar a poesia nelas existente, das quais som, ritmo, leveza e cor têm destaque.

Isso nem sempre é percebido, pois depende de observação tranquila, verdadeiro momento "zen", o que é contrário à cobrança da vida a todos imposta. Mas vale a tentativa, a cuja adesão são os eventuais leitores convidados.

PARTE I

Natureza

Corruira

A primavera despertou!
Todos os anos o faz
A corruíra a saudou
Com seu canto fugaz.

Flores a ouviram
Coloridas, que beleza!
Perfume exalaram
Em tributo à natureza.

Pirilampos noturnos
Em belo concerto a fulgir
Embalam os jardins
Que se negam a sumir!

Abelhas, flores polinizam
Para que no tempo certo
Sementes se reproduzam
Em campo aberto.

Pássaros diversos
Aos filhotes a trinar
Em seus ninhos escondidos
Logo começam a ensaiar.

E o verão fúlgido
Já no horizonte aflora
Andorinhas o anunciam
Como se já fosse a hora.

Suceder à primavera,
Missão do verão,
No decurso do tempo
É a nova estação!

Gaia: ode ao planeta

Pequeno ponto azul
Imerso em espaço infinito
Pensava ser ainda
O planeta mais bonito!

Água tinha por demais
Cores, em demasia
Orgulho de tal beleza
Vaidoso o fazia!

Perfeito em seu total
Autoadmirado, refletia:
A quem servia este conjunto
Se ninguém o via?

Em busca de companhia
Acolhe a vida abundante
Do simples vegetal
À orquídea deslumbrante!

Com alegria também acolhe
Do ser mais rastejante
E com esforço, também
O homem, bípede andante.

De início, todos gratos
Alimentos em abundância
Dádiva que rotulavam obrigação!
Vaidade, em consequência.

Humanos cobrem a terra
Dela se sentem senhores
A ferem sem dó
A cobrem de horrores.

À Gaia terra pede amparo
Ferida, febril, predada
Pelo fogo, sem esteio
Pela seca, definhada.

Sem domínio da natureza
Ventos, enchentes a castigam
Futuro, que tristeza!
Escassez e fome anunciam.

Socorro espera
Biossistema moribundo
Quem sabe, Gaia
Possa consertar o mundo!

Obs.: Gaia é tida como mãe da terra ou sua deusa protetora.

Outono/Inverno

Sol, sempre presente,
Se afasta rumo ao norte
Verão já quase ausente
Calor, não mais tão forte.

Natureza reconhece a hora
Cumpre sua missão
Recolhe sua seiva
Põe folhas ao chão.

Devolve à terra
Dádiva recebida
Fertiliza novamente
Para seiva revivida.

Adormece, natureza!
O futuro, pode confiar
Proverá com certeza
Brotos e flores a contar!

Inverno antes virá
Frio o acompanhará
Término do ciclo solar
Mais longe estará!

O que foi um dia
Serão apenas idos
Sol ao sul voltará
Luz e calor serão sentidos.

Nova vida despertada
Folhas e flores a adornar
Natureza renovada
Cores e tons a permutar.

Horizonte a clarear
Esperança a todos devida
Perfumes a exalar
Primavera prometida!

Ciclos se repetem
Mais frios, mais quentes
Coloridos ou sem cor,
Mas sempre presentes.

O mundo que nos acolhe
Sem condição inata
Ampara e protege humanos
Que espécie ingrata!

Verão

Primavera tão bela
Verão já aguardado
Cigarras alertas
Algazarra, seu legado.

Andorinhas avisadas
Circulam no ar
Apoiam a festa
Do calor a chegar.

A vida madura
De animais, antes buscada
Filhotes, agora crescidos
Missão completada.

Paisagem renovada,
Vegetais, em profundo verde
Cena revigorada.

Descansa natureza
Cumprida a missão
Outono espera
Sua vez, com atenção.

Humanos em festa
Sol e calor, sua visão
Férias a todos
E por que não?

Exageros cometidos?
Custos virão
Pagá-los é devido
Não haverá perdão!

Ressaca apurada
Mostrará: quem é
E quem não!

Novos dias começarão
De festas, só gratas lembranças
Outono logo aponta:
Hora de mudanças!

Volta a vida rotineira
Ciclos a contar
Segura maneira
De novo verão aguardar!

Pesadelo

Harmonia em colapso
Planeta em desespero
Abelhas desorientadas
Morrem primeiro.

Clima em confusão
Aqui chove em demasia
Ali seca em profusão
Efeitos inesperados!

Carlos, apicultor
Grande amigo dos animais
Abelhas, sua vida foram
Polinizadoras naturais.

Mel em abundância
Recíproca certeza
Troca justa
Pródiga natureza!

Tempo, cedo Carlos levou
Colmeias continuaram
Seu trabalho missionário
Tristeza deixaram!

Flores logo fenecem
Polinização ausente
Clima em pesadelo
Apicultor não mais presente.

Esperança não renovada
Natureza desvanecida
Carlos não mais está
Apis mellífera abandonada.

Colmeias vazias
Morte não justificada
Insetos tão importantes
Realidade enfrentada.

Pai ausente
Saudade constante
Consolo possível?
Flores! São o bastante...

Abelhas e flores

Silêncio...

Negra noite,
Campo adormecido,
Sons misteriosos
Alvor vigiado!

Efêmeros diamantes
Do orvalho a aflorar
Brilho cegante
Calor os faz dissipar.

Luz solar
Cores iluminam
Odores perfumam
Flores inspiram.

Carpelos à espera
Polem no ar
Pétalas coloridas.
Nova vida a gerar.

Abelhas e flores
Buscam reprodução
Irmanadas, sons e cores
Polinizar, é a solução!

Natureza em equilíbrio
Ritmo da vida
Véspera se aproxima
Nova noite pressentida!

Mais um dia seguirá
Em tempo certo.
Abelhas voltarão
Novo ciclo aberto!

Reinos vigilantes
Todos entendem
Ciclos vibrantes
Espécies se garantem.

Madrugada!
Rubro horizonte!
Alvorada antecipada?

Longe a crepitar
Vegetação em horror!
Geme e contorce
Sobrevida em pavor!

Fogo ameaçador
Colore o céu
Vida que foge
Fumaça, escuro véu!

Silêncio...

Dedicados a meu pai, Carlos Augusto Eppinger (in memoriam), *grande apicultor, e o melhor amigo que um filho poderia ter tido.*

Elementos da Natureza

Vastidão, espaço infinito
Vida abundante
Mistério a esclarecer
Estrutura circundante.

Composição natural conhecida
Sólido, líquido e gasoso
Fogo a temperar
Terra, água e ar!

Nível mais profundo pede
Composto energético:
Elétrons, prótons
Gravidade, eletromagneto!

Elementos assim repetidos,
Simetria-padrão.
Sábia natureza
Pura revelação!

Floresta

Floresta!
Verde imensidão
Do planeta, coração
Vida em efusão!

De árvores composta
Cada uma essencial
Das infinitas espécies
Ao conjunto total.

Em rede convivem
Não conhecem solitude
Cada espaço ocupado
Em perfeita atitude!

Extenso refúgio
Maior da terra
Dos rios se alimenta
Desde prisca era.

História relata
Pangeia o confirma
Américas e África
Um só já foram.

Afastam-se continentes
Seca a floresta africana
Saara surge
Tudo agora é savana!

Causa provável?
Umidade sumida
Ninguém o sabe.
Em perigo a vida!

Amazônia, no alto, verde
No solo, areia sem sementes
Restos vegetais transitórios
Da água dependentes.

Calor excessivo
Chuva ausente
Rios em rebaixo
Ameaça insistente!

Vida animal em desespero
Migra em busca ansiosa!
Em agonia, procura refúgio.
Defesa preciosa!

Vento no alto
Direção inconstante
Chuvas sem rumo
Excesso ou falta, natureza sente!

Areia, antes solo fértil
Rios secam de vez
Agora só chão estéril.
Que insensatez!

Povos da floresta
Futuro não conhecem
Vida, lhes é aqui e agora
Planejar, esquecem!

Menos adaptáveis dos animais
Frágil espécie
Locada nos arraiais
De rápido fim padece!

Morta a floresta
Predada a área
Sem campos ou matas
Fim de uma era!

Gelo dos Andes
Sumido pelo calor
Sem água nos rios
Para todos, um horror!

Soluções, as há?
Ninguém o saberá
Novo regime de ventos?
Mata sofrerá.

Homem a causa?
Ciclo cósmico, por que não?
Humanos, talvez,
Desapareçam antes da solução!

Temperamento

Céu azulado
De ensolarado dia
Em movimento inesperado
Vento e corrente fria.

Céu coberto, nuvens a agitar
Raios ameaçadores
Trovões a ribombar
Chuva abundante.

Calma costumeira
Agora ausente
Aleatório temperamento
Mau humor presente!

Natureza, emotiva?
Impossível acreditar
Mas ruídos assustadores
Fazem duvidar!

Sol volta a brilhar
Tempestade segue caminho
Trovões anteriores
Não mais que burburinho!

Lua enamorada

Ela circunda espaço certo
Planeta o sabe.
Em silêncio aliciante
Descortina céu aberto!

Sob música das estrelas,
Lua dança insinuante
Deleita o planeta
O enfeitiça, agudamente!

Pudesse suspirar
Com certeza o faria
Beleza incomparável
Há milênios se repetia!

Planeta almeja
Com a lua ficar
Impossível, o sabe,
Melhor só almejar.

Lua observa
De imaginário balcão
Tão perto e tão distante
Planeta do coração!

Quando cheia, faces redondas
De perfil, crescente ou minguante
Ainda mais insinuante,
Promete o que não pode dar!

Tal qual Romeu e Julieta
De Verona, conhecido drama
Em distância obrigatória
Atores têm de ficar.

Atração de ambos
Mútua sensação
Realizada, porém,
Destruídos serão!

Planeta e lua
Pela eternidade observarão
Norma cósmica
De impossível fusão!

Regra, se violada
Terrível confusão
Cosmos se iluminará
Com a energia em combustão!

Tal qual em Verona
Há o desejo de união.
Vezes sem conta,
Sua certa proibição!

Metáfora possível
Com satélite e terra
Imaginação afluente,
Orbe, com confiança, espera!

Curii Tiba (pinheiral)

Quase extinta
Araucária imponente
A terra cobria
Com sua própria semente.

Chega o homem
Ambicioso predador
Milênios de esforço vegetal
Destruídos sem pudor!

Defendido por poucos
Esperança renovada
Espécimes resistem
Existência preservada.

Curitiba, por lei privilegiada
Assume defesa
Da araucária centenária.

Exemplares de antanho
Porte inconfundível
Acolhidos em parques
Da espécie, saga presumível!

Murmúrio de galhos ao vento
Lembra com nostalgia
Paisagens antes existentes.

Beleza tardia!
Suas sementes
Compõem, por tradição
Em festejos juninos
Saboroso pinhão!

Figura majestosa
Em retratos constante
Serve de aviso:
Cuidado, importante!

Velhas gerações a ela habituados
Devem aos jovens passar
Respeito pela natureza,
Antiga forma de amar!

Predar raras espécies
Alto preço terá
Quem as viu no passado
Nunca mais as verá!

Portentoso pinheiro
Símbolo local, em bandeiras colocado
O que significa esse traçado?
Um dia poderá ser perguntado.

Obs.: Curii Tiba em linguagem indígena significa "muitos pinheiros".

Machu Picchu: saga

Andes eternos acolhem
Estranhas formas além
Cidade perdida
Construída por alguém.

Saga hoje buscada
Enfrentam caminhada
Modernos aventureiros
Em trilha calçada.

Cusco,
Dos Incas, capital
Obrigatória parada
Altitude anormal.

Pulmões e coração
Guia experiente
Preparação essencial
Cuidado com a gente.

Ciclópicas obras
Sofrida caminhada
Quem as construiu?
Dúvida colocada.

Pedras imensas
Incas, com perfeição
Em construção as colocaram
Para longa duração.

Rodas eram desconhecidas
Diz a tradição
Entender o porquê?
Basta olhar o paredão.

Em agudos graus
Aclives e declives
Montanhas em cadeia
Só a pé vencíveis.

Seguimos trilha aberta
Em ordem e bem guiados
Esparsos membros
Do mundo todo, ali juntados.

Cinco dias e noites
Em tendas acomodados
Buscamos o descanso
Do caminho já trilhado.

Objetos estranhos
Em noites claras
Vagavam no céu
Em manobras raras.

A todos surpreendeu
Desmedida velocidade
Por largo tempo evolveu.
Ficou a curiosidade!

Quinto dia
Esgotamento presente
Da cidade perdida
Surge a imagem, de repente!

Impacto profundo a todos causou
Origem de tal obra?
Em mistério continuou.

Passado curioso
Esconde com razão
Obras sem explicação.

Visitá-las?
Admirá-las com exclamação?
Ao desconhecido só resta
Respeito e admiração!

Amizade?

Espaço rural era seu lar
Vieram as máquinas
Tiveram de mudar.

Meio urbano os acolheu
Estranho ambiente
Agora é seu.

Monogâmica espécie
Companheiro procurou
Busca entre iguais
Facilmente encontrou.

Casal formado
Território encontrou
Demais aves concorrentes
Do espaço expulsou.

Por anos ali estão
Dupla de filhotes
Todos os anos gerarão.

Sai o velho pelas manhãs
Na busca da aurora saudar
Madrugada solitária
Gaviões a acompanhar.

Seguem o mesmo itinerário
Parece comida faltar
Eu que ali caminho
Talvez a possa providenciar.

Aos poucos nos conhecemos
Apelidos pensei dar
“Medroso” ao mais distante
“Perninha” ao dado a mancar.

Imagino se a mim
Apelido querem dar
“Velho caminhante”
Viria a calhar!

Juntos, madrugadas vivenciamos
Alvorada sempre linda
Cada espécie à sua maneira
Aprecia a luz bem-vinda!

Súplica a mim enviam
Comida por certo
Todos os dias anseiam.

Em hora certa me recebem
Ao encontro vêm, de bico aberto
Alimento dado disputam
Como seu, por certo!

Mesmo em voo, casal reconhece
A ração diuturna,
Também, o velho que a fornece.

Gesto entre espécies
Amizade estranha simboliza
Doador e receptores
Ato que se harmoniza.

Morre “Perninha”!
Filhotes não mais pode dar
“Medroso” em busca sai
De fêmea para seu lugar.

Logo a encontra!
A mim, em seguida, apresenta.
Alvorada em seu fulgor iluminada
Novo casal, pelas manhãs, a saúda!

O velho caminhante a ambos se juntou
Comunicação que o tempo engendrou
Silente, mas plena de significado
Feição de amizade, por certo se formou!

PARTE II

Versos Livres

Éramos quatro...

Cavaleiros da esperança
Na justiça costumeira,
Geroldo, Fernando,
Altivo e Wilmar
tinham "Jurídica" como bandeira!

Da torre Murici
Certeiras setas desferiam
A Fóruns julgadores.

Quixotes, talvez,
Moinhos de vento enfrentavam
Agradar à Themis buscavam
Por terem a ela jurado servir!

Nova torre conquistada
Nas Flores de antiga rua
Calejados e unidos estavam!

Viram Curitiba crescer.
Disto participaram
Pioneiros, cada um
Unidade buscavam.

Anos passaram
Liderança mantida
Analógico cede espaço
Digital, vence a corrida.
Progresso impõe
Escudo, armas, tradição!
Assume a nova geração.

Em torre ainda mais alta
Novas ações a infletir
De Carvalho chamada,
Justiça continua a perseguir.

Antigo brasão, ora desgastado
Reflete o velho grito: "Jurídica"!
Parece inadequado,
Aos fundadores, porém,
Mais do que justificado!

Antes analógico, agora digital,
Velhos resistem à mudança!
Esforço inútil, mas natural.

Exemplo e norte,
Energia em questão
Navegam agora jovens timoneiros
Antiga e sólida embarcação!

Pioneiros, agora só observam,
Consolo, ver e relembrar:
Tempo passado.
Ah! Se pudesse voltar!

Tentativa de contar, em rápidos versos, a história do escritório G.A. Hauer & Advogados Associados, nome de fantasia "jurídica", a partir da fundação, há 60 anos, na Rua Dr. Murici, 650, 10º andar. Depois, à Rua XV de Novembro, 551, 4º andar. Por último, Alameda Dr. Carlos de Carvalho, 431, 14º andar.

Dilema de Themis

Justiça, justiça, justiça...
Imagem etérea perseguida
E por Themis regida!

Juramento à deusa, em ato solene
Por seus defensores proclamado:
Prometemos dar a cada um
O que por direito lhe é reservado!

Ereta e orgulhosa, Themis
No mundo todo,
De pé, impõe justiça,
Poder cá lhe sonegado!

Verifica a deusa a respeito:
A justiça, mesmo desejada,
Não é objetivo costumeiro.

Themis que já de tudo fez
Ameaçou seus súditos até
Se a seus preceitos
Não houvesse respeito e fé!

Empunhando a espada fatal
Apontou-a a seus feudatários!
Desrespeito total!

Para que o exemplo vingasse
Os próprios olhos vendou
E o imparcial, copiado fosse.
Inútil, constatou!

Desiludida, luta inglória,
Sua espada embainhou
A balança abandonou!

E cansada sentou
De costas
Para Supremo Tribunal Federal!

Minha vida profissional

Jovem, futuro à frente
Diploma recebido
Estágio premente!

Oportunidade escassa
Busca necessária
Escritório, qual?

Apelo a amigos
Canudo à mão
Resposta comum
No momento, não!

Teimoso, insistente
Nova tentativa,
Mais um passo à frente!

Geroldo estabelecido
Escritório recém-avocado,
O jovem empedernido
Logo foi contratado.

Oportunidade rara
Não desperdiçada.
Ao jovem?
Visão esperançada!

Grato por ser acolhido
Geroldo advogado
Antes tutor
Agora, amigo respeitado!

Portas assim abertas
Ao jovem iniciante.
Novos horizontes,
Futuro radiante!

A vida,
Grande mestra
Sem esforço ensina:

Atos azados
Se praticados
Oportunidades oferecem
A jovens interessados!

Versos dedicados ao Dr. Geroldo Augusto Hauer, amigo e sócio durante os últimos 60 anos, em agradecimento pelo acolhimento dado em hora certa.

Milagre da Natureza

Sente o homem
Grata sensação!
Vibra ao toque
De sonoro diapasão.

Sete sons compõem a escala
Acordes possíveis.
Do branco derivam
Sete cores do arco-íris.

Limites aparentes,
Não reais
Permitem à imaginação
Buscar mais e mais.

Tudo vibra no universo!
Miscelânia:
Som colorido
Cor sonora!

Sintonia, a chave
Acordes afloram.
Pintores em telas
Formas coloram.

Preferências, as há
No final, aos poucos,
Resumo se impõe
A uns e outros.

Sons e cores
Percepção variada
Energia, a mesma
Vibração notada.

Qualquer a escolha
Por fim observada
Nem som, nem cor
Mas mistura inesperada!

COP 28: Dubai

Salvar o planeta,
A vida nele instalada
Mais um episódio
Com data marcada.

Programa apresentado
Seriedade até pensada
Hipocrisia, porém,
Foi nele instalada.

Local escolhido
Veja-se que estranho
Sede-mor da matéria fóssil,
Óleo subterrâneo!

Presidente da reunião
De petróleo vendedor
Para delegados presentes
Quis bom preço propor.

Fábula real!
Nem Esopo a imaginaria
Raposa responsável
Por galinhas, que iguaria!

Petróleo existente
Usado de forma permanente,
Pois gente e dinheiro
Combinam perfeitamente!

Diz a ciência que
Razão é individual
Emoção é coletiva
Egoísmo, presença do mal!

Ouro negro,
Reservas mais virão.
Dinheiro à farta
Certos indivíduos o terão.

COP 30 em Belém
Dois anos à frente
Mudança do clima?
Será, de repente?

Crer, impossível!
Farsa, evidente
Por certo, mais engodos
Teremos à frente!

O tempo tudo apaga

Olho para trás
Paisagem conhecida
Sessenta anos
De caminhada vencida!

No início, éramos jovens
Sonho, o mesmo
Crescer entre muitos
Sem navegar a esmo.

Sucesso construído
Sobre bom fundamento
Necessidade aparece
De bom crescimento.

Colegas, muitos,
Aderem à formação
Urge expertise
Também especialização.

Nomes aparecem
De lista à mão
Completando competências
Necessárias, então.

Perfis parecidos
Idênticas ética e moral
Nos tornaram unidos
Em sentimento informal.

Desejo de acerto
Comum a todos era
Sucesso obtido
Não foi pura quimera.

Renovação a miúde
Novos nomes impôs
Colegas ficaram
Outros se foram, depois.

Amizade cultivada
Bons frutos prometia
Sistema interno inovado
Em vigor permanecia.

Digital agora é lei
Analógico, saudoso
Adaptação busquei
Não passei do nível curioso.

Fechar as contas, é hora
Aproxima-se o momento
Ficam amizades.
Sem lugar para lamento.

Descendentes tomam o bastão
Competentes o são
Orgulho se impõe
Assumem o timão!

A velha equipe se distancia
Saudosos acenos promovem
Antecipada nostalgia!

Curso natural
Da vida profissional
Sem queixas anotadas
O que é bom sinal!

Se pudesse ser replicado
Com certeza
Nada diferente seria buscado.

Da lembrança de velhos colegas
Fica a herança.
Baliza lentamente se perde
Maior parece a distância.

Bruma do tempo erode
Imagem na memória gravada
Neblina a esconde,
Sendo assim apagada.

O tempo decorre
Erosão avança
Só nomes permanecem
Como grata lembrança.

Dia chegará, em conversa,
Alguém lembrará
De caro colega de antigo tempo
Como era mesmo seu nome?
Não lembro, lamento...

O velho e seu cão

Para todos flui o tempo
Jovens o tem acelerado
Mas o ritmo difere
Velhos o têm mais moderado.

Conquistar o mundo
Objetivo rotineiro
Aceitá-lo como é,
Propósito primeiro.

Anos de vida, carga comum
Mesmo pesada
Jovens a carregam
De forma descansada.

Carregar longe à frente
Velhos, o peso sentirão
Ânimo faltará
Ameaça de solidão!

Amigos de outrora
Aos poucos se vão
Novos contatos
Mais raros serão.

Ternura arrefece
Solitude toma lugar
Dos pares que a morte leva.
Impossível fazer parar!

Nunca antes percebera,
Sem cobrança, amiga, leal
Ternura há no entorno
Nos olhos de um animal.

Cão nada pede, salvo alimento
Retorna com carinho
Fidelidade, a todo momento!

Relação iniciada
Profunda será
De saudosos afagos
Carinho compensará!

Aos poucos toma forma
Animal ao velho se afeiçoa
Intensa lealdade
Relação que não destoa.

Assume lugar o cão
No velho coração
Ritmo mais regular
Retorna disposição.

Transcorre além o tempo
Mais velhos ambos ficarão
Unidos se completam
Coração a coração!

Futuro implacável
Um deles irá primeiro
Ao que restar, efeito maior
Da perda do companheiro!

Mais pura relação conviveram
Juntos o tempo inteiro
Promoveram, sem condições
Amizade, amor verdadeiro!

Marcas profundas são notadas
Naquele que triste ficará
Lembrança dos bons momentos
De consolo servirá!

Memórias

Repleto de histórias
Em verde bairro local
Antes distante
Hoje, central.

Nome Bom Retiro
Nascia destes versos o Autor
Em singelo bangalô.

Época de guerra
Países inteiros
Dificuldades, muitas
Afetam brasileiros.

Teatro bélico distante
Paixões exaltadas
Escolhas ideológicas
Etnias afetadas.

Mas tempo seguiu caminho
Guerra terminou
Racionamento sustado
Vida normal voltou.

Família prosperou
Primeiro descendente cursou
Escola pública e se formou.

Criou família própria
Filhos educou
Cresceram e se formaram
Cada um, sua vida levou.

Tal qual pássaros, voos iniciaram
Velhos pais para trás deixaram
Cuidado permanente tiveram!
Comportamento honrado!

Volto à área verde onde nasci
Na família por gerações
Espaço rico em lembranças
E minhas recordações.

Nela em diário encontro
Filhos vêm para conversar
Assuntos diversos
Chimarrão a complementar.

Aprecio a calma paisagem
Alimento posto ao dispor
Aves silvestres a buscar
Penso no tempo anterior.

Deste espaço sucessores
Mesmo uso farão,
Mantendo velhas conversas
E também o chimarrão!

Felicidade

Felicidade!
Imagem fugidia
Sob cujo conceito
Qualquer desejo acolhia.

Mundo externo, concreto
Pleno de cores.
Mundo interno, abstrato
Sombrio, sem alvores.

Arautos do prazer
De tudo vendem a bom preço
Dizem: de mais não se precisa
Ser feliz, já é um bom começo.

Tal qual arapuca de caçador
Indivíduos que nela entrarem
Maravilhas verão
Se muito pagarem.

Prisioneiros manterão
Com renovados argumentos
Promessas voltarão
Em diletantes momentos!

Mundo interno
Cada vez mais distante
Racional é seu caminho.

Mundo externo
Seu modo é a emoção
Para incautos
Confortável prisão.

Felicidade, busca contínua
Para encontrá-la, porém,
Há que voltar a valores internos.
Distantes! Cada vez mais além.

Poucos o conseguem
Mas resistir é necessário.
Vontade própria e forte
Servirá de corolário.

Conhecer-se é libertário
Sem concretude e cor
Caminho certo e sólido
Autodomínio, prêmio de valor.

Livre competência
Decidir sem interferência
Arautos do colorido prazer
Mantidos à distância!

Surge a liberdade
Pela batuta do maestro ditada
De sua vida acordes comporá
Sonora melodia ouvida.

Mundo interno explorado
Felicidade em construção
Bloco a bloco colocado
Sólida fortaleza à mão!

Necessária se faz
Vigilância constante
Cores e sons de tocaia
Convite permanente farão!

Balanço das tentações
Felicidade em risco atroz
Entre mundos externo e interno
Sua busca só depende de nós!

Leia também, da Editora InVerso:

ASAS DE SER

Asas de Ser, obra de estreia de Elìsa Bache, é uma coletânea de escritos redigidos pelo coração e pelos sentidos. Cada texto é revestido por uma delicada aura, traduzindo as sensações desse eu lírico que conduz o leitor, com a pureza dos poetas, para um mundo lúdico, natural, protagonizado pelos afetos. Amores, espiritualidade, natureza: a escrita de Elìsa Bache é um banquete aos sentidos. Os versos acessam nossas memórias, desaceleram nosso compasso ansioso e limpam nossa retina para ver todas as cores com mais atenção. Toque os pés na terra (ou na areia), sinta a brisa morna beijar sua pele, conecte-se com suas emoções para ler *Asas de Ser* em toda sua beleza: esse é um livro para ser desfrutado com a alma.

POR TRÁS DE TUDO

A poesia flui diante das maiores adversidades impostas em nossa jornada. E um período de emergência e isolamento, é preciso despir-se de censuras e deixar-se levar pelas emoções. *Por trás de tudo* é o resultado de um longo período de reflexão e mudança interior, de alguém que buscou na esperança e na empatia a coragem e a leveza para seguir em busca de dias melhores.